怪傑佐羅力號稱惡作劇天才、搗蛋之王，

因他的書而受害的人，

怪傑佐羅力之佐羅力被捕了!!

文·圖 原裕　譯 周姚萍

於是，佐羅力撕下了好幾張通緝海報，
準備帶回家作紀念。

本大爺這位惡作劇的大天才，上了通緝海報啦！被警方鎖定啦！你們以為抓得到本大爺嗎？來呀！本大爺隨時都等著啊。
啪哩啪哩

正當佐羅力一邊大聲唱著歌，一邊伸手要撕下第16張海報時。

嘎嚓
兩位警察在佐羅力的手腕銬上手銬。
「隨便把警察張貼的海報撕下來，是可惡的小偷行為!!」
啪哩

「什麼小偷？」

伊豬豬生氣的

跳了起來。

「你知道這號人物

是誰嗎？這位可是無惡不作的

惡作劇之王，佐羅力大師是也!!」

這時，佐羅力也說話了：

「沒錯，看到本大爺的本尊，

你們一定嚇得屁滾尿流吧。」

佐羅力得意洋洋的變身成怪傑佐羅力。

「咦，他就是通緝海報上的那個人耶——」

「老弟，那太好了，這可是大功一件啊!!」

兩位警察開心極了，並且用繩子把佐羅力他們三人綁在迷你警車後頭，火速帶往警察局。

怪傑 佐羅力被捕了!!

目中無人的怪傑佐羅力

惡作劇天才輕易被捕！

自稱惡作劇天才、搗蛋之王的怪傑佐羅力（109歲）。正當他在撕下自己的通緝海報時，被開著迷你警車巡邏的兩位警察逮捕，由於在轉眼間就輕易被捕，犯人佐羅力的心理似乎受到很大的衝擊。

獨家專訪怪傑佐羅力

「我糊里糊塗被捕，一定讓粉絲們感到失望，真是太抱歉了。為了挽回頹勢，本大爺將一秒也不延遲的逃出去，好讓大家忍不住的驚呼『啊！』敬請各位期待唷。」看來他對於到目前為止所做的壞事，絲毫沒有悔意，可說是依然目中無人哪。

立下大功的兩位警察非常開心的一起升官

逮捕怪傑佐羅力的是負責此區域的吉波里先生（28歲）和多波魯先生（28歲）。當吉波里一眼看到佐羅力時，「啊，我馬上就感應到這傢伙是怪傑佐羅力。」多波魯先生則表示：「雖然經過一番辛苦的纏鬥，但我們還是制伏了他。現在回想起來，依然覺得很酷。」當記者問到想跟誰分享這分功勞，兩位都開心的回答道：「鄉下的爸媽。」

小熊（138回）

原伊弓良

伊豬豬　魯豬豬

兩位警察除了獲得表揚，也將一起升官。得到這些榮耀，他們以充滿活力的聲音說：「今後將繼續致力於防止犯罪發生，努力創造和平的世界。」

多波魯先生

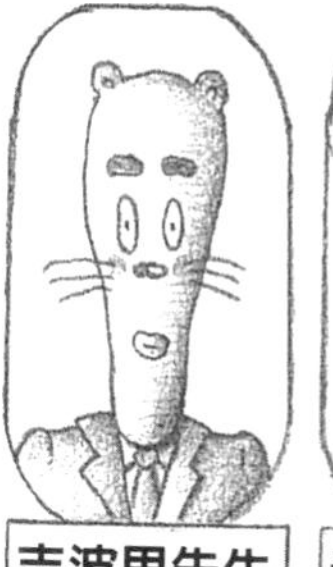

吉波里先生

佐羅力毫無脫逃的可能，將在監獄裡度過五年的光陰

毫無悔意的佐羅力等人，將被關進角色監獄，這個監獄會將不適合兒童書的壞孩子角色，教育成好孩子角色。這所監獄成立到現在，雖然有許多人想要逃獄，卻因為它的戒備非常非常森嚴，所以並沒有任何人逃獄成功。這讓典獄長感到非常非常自豪。此外，據說在這所監獄裡，擁有一種十分可怕的終極武器，能讓那些無可救藥的角色，從這個世界上消失。

高米斯
典獄長

・佐羅力被捕時，在他身邊、自稱為佐羅力小跟班的伊豬豬和魯豬豬，也因為和佐羅力有關聯而被捕了。

◎敬告讀者，怪傑佐羅力系列書籍將休息5年無法出版

・大家應該都讀了報紙，知道佐羅力被送進監獄的大概情況。在佐羅力出獄之前，佐羅力系列將有五年無法出版。

出版至今的佐羅力系列書籍，說不定也會突然變成禁書呵。
你還缺哪幾本，快趁現在去搶購呵。

佐羅力，歡迎你啊。我是這間監獄的典獄長高米斯。我話先說在前頭，從來沒有人從這裡越獄成功，也就是說，這是個讓你無論如何逃脫不了的監獄。所以我奉勸你，不要有非分之想了。

還有，從明天開始，將由本人負責教育你們。出獄之後，佐羅力將會澈澈底底變成一位讓所有大人都稱讚不已的了不起角色。哇哈哈哈哈。
高米斯典獄長高聲的發出大笑。

第二天，佐羅力他們馬上開始接受教育了。
從現在開始的五年期間，你們必須接受的教育大概就是這些。
唔？哪些哪些？

老師、爸爸和媽媽喜愛的、
完美的佐羅力是這個樣子!!

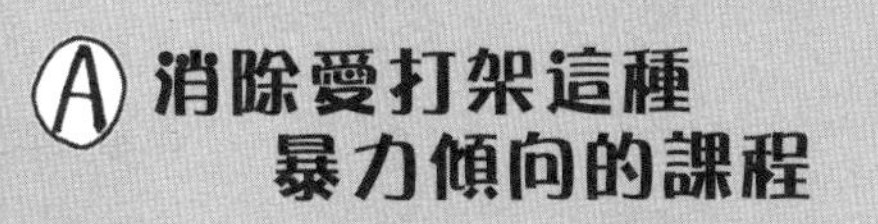

Ⓐ 消除愛打架這種暴力傾向的課程

⊙ 培養溫和的性情

- 原本鼻子和耳朵都尖尖的，這樣很危險，把它們變成圓圓的，好帶給人溫和的形象。
- 不再露出壞壞的眼神，盡量讓整張臉的表情看起來很柔和。
- 不要露出尖尖的牙齒。
- 穿上大家都會喜歡、簡單俐落的服裝。

Ⓑ 修正說話用字用語的課程

- 不稱呼爸爸、媽媽，改稱父親大人、母親大人。
- 絕對不使用低級的用語和不好的用語。

禁止說的話	大便、尿尿、放屁 笨蛋、畜生等等。

- 禁止發出嘻嘻呵呵的笑聲。

不好的例子

媽媽——
快看快看，
我會讓您看到
本大爺變成
惡作劇之王的。

好的例子

母親大人，
請您看著呀。
您的孩兒將
成為了不起
的科學家，
為這個世界
貢獻一己之力。

Ⓒ 養成良好個性的課程

☆ 不自私自利
☆ 不賴皮
☆ 不偏食
☆ 很喜歡幫助別人、很喜歡學習。

至於愛媽媽的心，
繼續保持就行了。

Ⓓ 如何選擇朋友的課程

- 不和愛打電動、愛看漫畫的孩子當好朋友。
- 不和喜歡怪獸與妖魔鬼怪的孩子說話。
- 不和腦筋不好的小孩(例如伊豬豬和魯豬豬)交往

→ 而伊豬豬和魯豬豬也得接受教育，學會成為別人的好朋友。

簡介 從學校回來的佐羅力，在出去玩耍之前，都會好好的把功課做完，因此常常受到稱讚。

給媽媽 如果您讓您的孩子讀了這本書，他一定會變得很愛做家事。

簡介 佐羅力從很愛玩電動的孩子手上，把電動玩具拿走了。於是，孩子們在學校的成績漸漸變好了，同時對佐羅力充滿感謝。

○佐羅力在玩耍的空檔，發自內心的練習數學。這是一個溫暖人心的故事。(還有國語篇、生活課篇、英語篇)

精采之處 佐羅力成了正義使者，努力維護世界和平。故事從頭到尾都沒發生什麼事件，非常平和的一本書。

另外，為了讓你們有好的模範，能變成好孩子，我會讓你們閱讀以下這些非常棒的書。明白吧？

佐羅力一看到這些書，
就感到很不舒服。
（什麼！讓本大爺當
那種書的主角，
本大爺哪受得了啊。
不管怎樣，本大爺都要
從這裡逃出去!!）
沒錯，他堅定的
在心裡發了誓。

那我們要演什麼角色啊？
我們還有機會出場嗎？

一回到囚房裡，佐羅力馬上檢查自己帶來的東西。想要看看其中有沒有可以用來越獄的工具。
不久前，本大爺變身為怪傑佐羅力時，把隨身包袱放在一邊，所以帶進監獄的只有16張海報而已。
通緝海報
怪傑佐羅力
由於佐羅力已經被捕，所以他撕下來的海報，已沒有用處了，典獄長也將那些海報全送給佐羅力。

伊豬豬的包袱裡裝了這些東西

仙女棒煙火

•夏天的煙火大會時買的，現在只剩一根。

100元打火機

•露宿野外要生火時，就需要它。

冰淇淋的中獎棒

•雖然很小心的保存下來，但這款冰淇淋已經不再販售，所以也換不到獎品了。

用橡實製作而成的陀螺

貝殼

•聽到「貝殼」兩個字，感覺很浪漫，實際上卻是味噌湯裡蛤蜊的殼。

幸運帶

•從《怪傑佐羅力之恐怖足球隊》開始，就一直帶著。

撿到的鐵線

•用來晾乾洗好的衣服。

洗衣夾6個

急救用ok繃

•由於常受傷，所以是必備品。

迷你模型車

•《怪傑佐羅力之海盜尋寶記》裡，巴魯所送的迷你模型車。

魯豬豬的包袱裡裝了這些東西

可樂和牛奶的瓶蓋

•一直都捨不得丟掉。

兩條蜥蜴的尾巴

•準備用來嚇唬蜥蜴

黑色的膠帶

遊戲卡

8張

貸款宣傳單

•在路上有人發的

獨角仙的角

•看起來很有力量，所以把它當成護身符。

小鏡子

•整理儀容時很重要的一樣東西。

迷你模型車

•也是巴魯送的。

煎餃乾

•本來想過一陣子再吃，不知不覺就變成煎餃乾了，並且捨不得丟。

放屁骰子

附「佐羅力棋盤遊戲」。沒事時就可以玩。

「唉，沒一件東西看起來是有用的，要是有個東西可以弄斷鐵窗的話，就能逃出去啦。」

正當佐羅力深深嘆了一口氣時，伊豬豬和魯豬豬很有默契的一起說：「咦，那個東西，我們的包袱裡有啊。」

「搞、搞什麼啊？怎麼不早點講啊。本大爺來把風，你們趕快去處理鐵窗，快呀!!」

「遵命！」

嘎嘰 嘎嘰 嘎嘰 嘎嘰

牢獄裡響遍了摩擦
鐵窗的聲音。

「哼！說什麼是一間
沒有任何人能夠
逃得出去的監獄。
對本大爺來說，
從來就沒有
不可能的事。

我一定要乾淨俐落的逃出去，讓那個典獄長恨得牙癢癢的，嘻嘻呵呵嘻嘻。」

算算時間，鐵窗的窗條差不多應該被弄斷了，佐羅力轉身往後一看，

卻看到鐵窗閃呀閃的，閃亮得讓人睜不開眼睛。

「佐羅力大師，您說要弄亮鐵窗，快看看這樣有沒有很亮啊？」

「真的，好閃亮呢。」

「嗄？你們拿的

閃閃發亮

砂紙 表面有研磨顆粒，是用來摩擦金屬的一種紙。

東西是什麼？

竟然是……

是砂紙？

我是說要

弄斷鐵窗，

不是弄亮鐵窗，

真是蠢哪！」

佐羅力發火啦。

「本大爺再也不要把事情交給你們做了！」

佐羅力命令魯豬豬用他的
鐵頭功把地板撞出一個洞。
閃亮閃亮
空咚

然後，從魯豬豬撞出的洞，
開始往地下挖。
閃亮閃亮
把這些
混凝土
挖掉。

這次換成你們來把風，要是巡邏的人來了，就趕快通知我。
遵命!!
我來負責這邊。
那我負責這邊。

真不愧是佐羅力，
才連續挖了
一個小時，
就挖出一個很深
的洞，不過，
挖出來的土
在囚房裡堆得
像小山一樣高。
而就在這時，

答、答、答……
遠方響起一陣腳步聲，並逐漸朝這兒接近。
啊，慘了，佐羅力大師，巡邏的人來了。那些土要藏到哪裡去？

哦，你們大家在看書呀！敬佩！敬佩！看來你們真的有在好好反省。可是，伊豬豬和魯豬豬為什麼沒穿衣服啊？

獄卒往佐羅力他們的囚房裡看了看。佐羅力他們正一副沒事的樣子，站在那兒看書呢。

偷偷告訴你們那些土跑到哪裡去了。

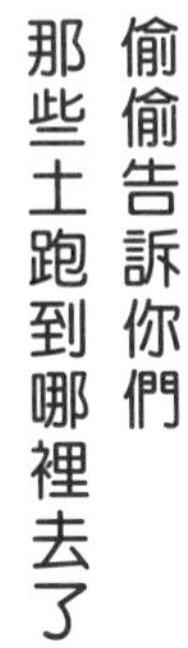

就這樣，佐羅力
天天都挖著洞。
你們好像
變胖了耶？
那是
錯覺啦。

過了兩天
不對啊，
你們真的
胖了啦。
看個不停
那是
因為監獄裡的
伙食太好吃
了嘛。

第三天
沒辦法繼續
偽裝下去了。
……
快被發現了。
真的怪怪
的耶——

到了第四天早上，
好，洞已經挖好了。伊豬豬、魯豬豬，跟在我後面呵。
終於，三個人先後鑽進洞裡消失了。
嘿嘿嘿，被我們騙了。
拜拜。
啊！他們在做什麼!!快去報告典獄長。

獄卒急急忙忙跑進高米斯典獄長的辦公室。

「事、事情不好了，佐羅力他們從囚房逃走了。」

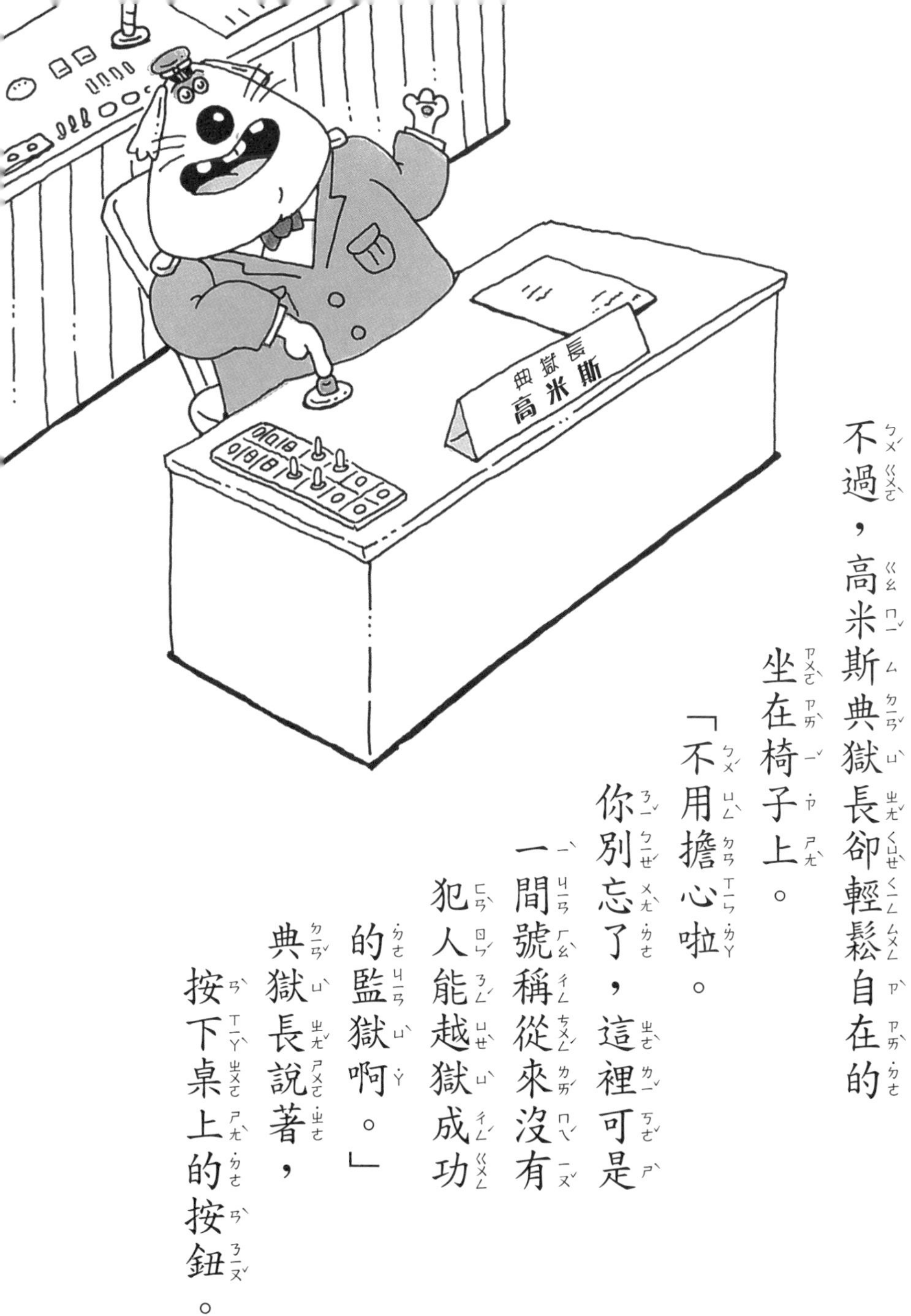

不過，高米斯典獄長卻輕鬆自在的坐在椅子上。

「不用擔心啦。你別忘了，這裡可是一間號稱從來沒有犯人能越獄成功的監獄啊。」

典獄長說著，按下桌上的按鈕。

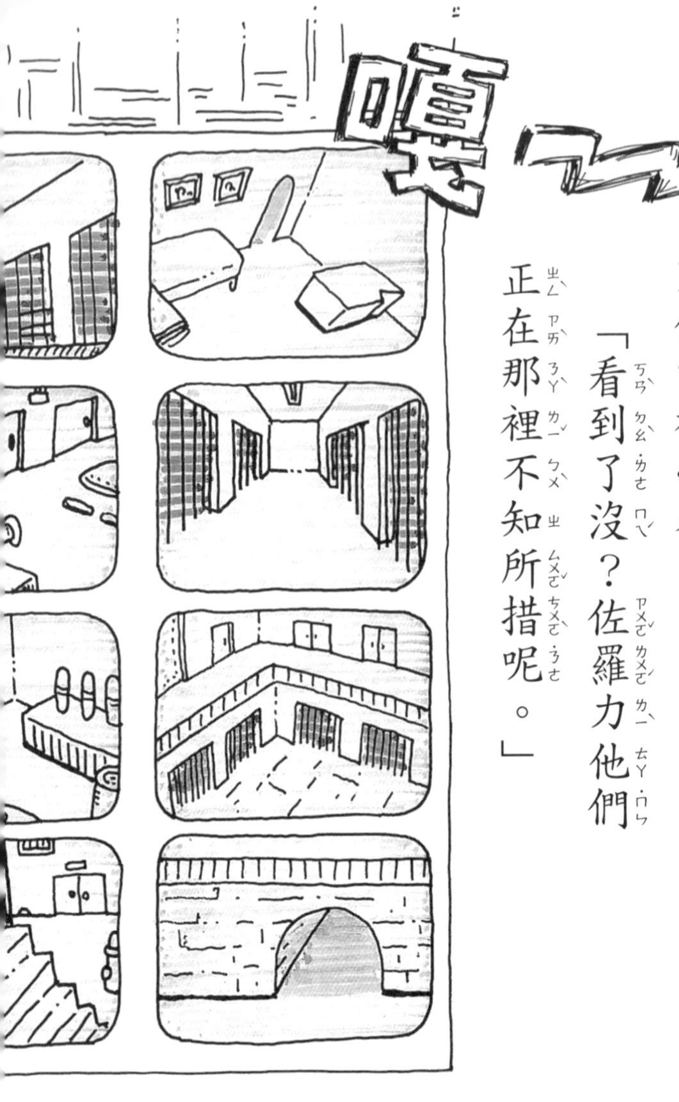

從辦公室的天花板降下16個電視螢幕。

「看到了沒？佐羅力他們正在那裡不知所措呢。」

高米斯指著其中一個螢幕說道。

接著，他轉向後方，
對著廣播用的麥克風說——

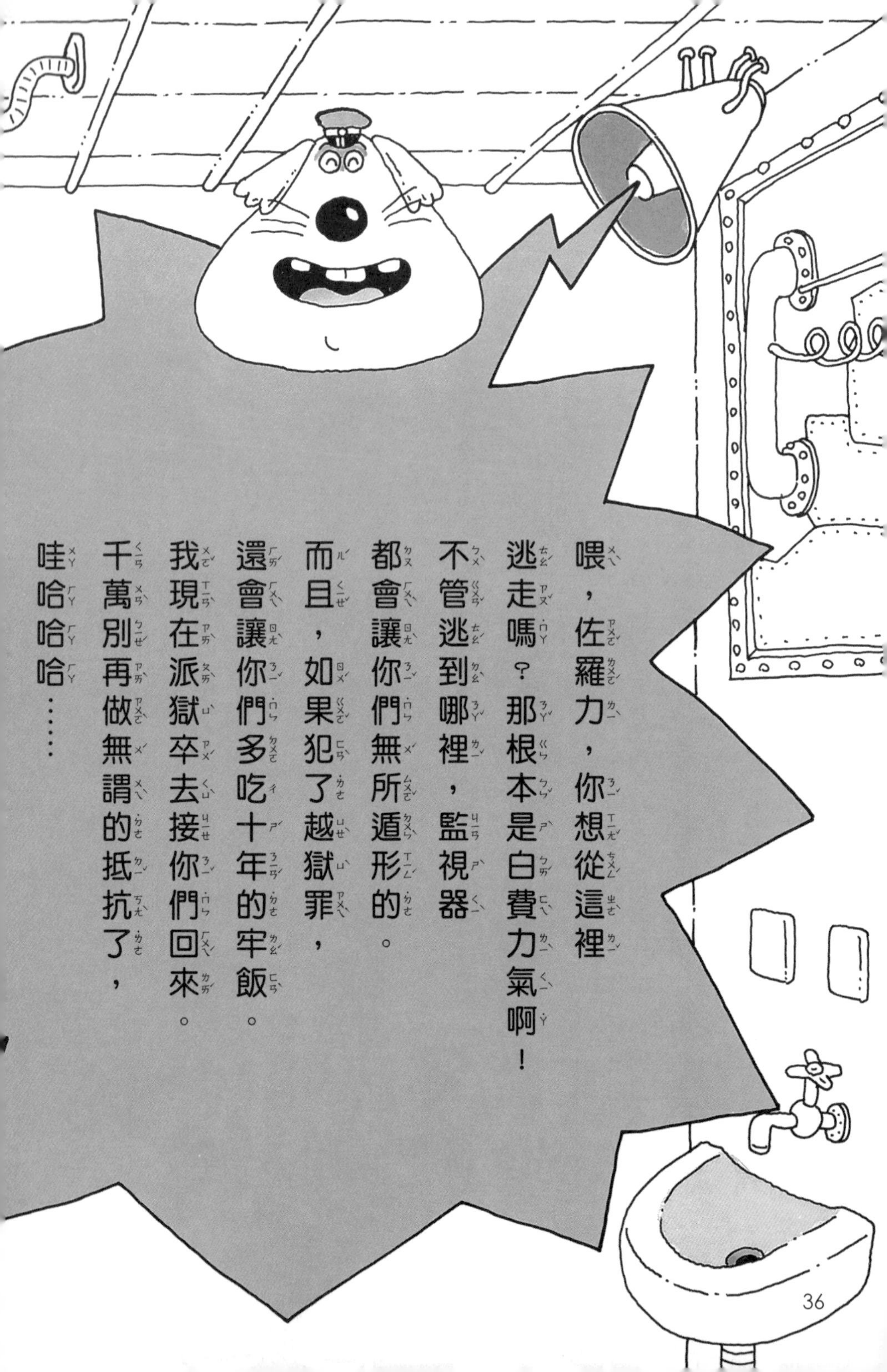
喂，佐羅力，你想從這裡逃走嗎？那根本是白費力氣啊！不管逃到哪裡，監視器都會讓你們無所遁形的。而且，如果犯了越獄罪，還會讓你們多吃十年的牢飯。我現在派獄卒去接你們回來。千萬別再做無謂的抵抗了，哇哈哈哈……

高米斯的聲音從擴音器傳了出來。
佐羅力很不甘心的瞪視著天花板上的監視器。
哼哼

高米斯笑了好一會兒，然後說道：

「我們來看看佐羅力在哪個房間吧。」

他將椅子轉了過來，

抬頭看著電視螢幕。

然而，不管哪個螢幕上

都有佐羅力。

「嘎？這是怎麼回事啊？

故障了嗎？」

高米斯慌了，把螢幕開關

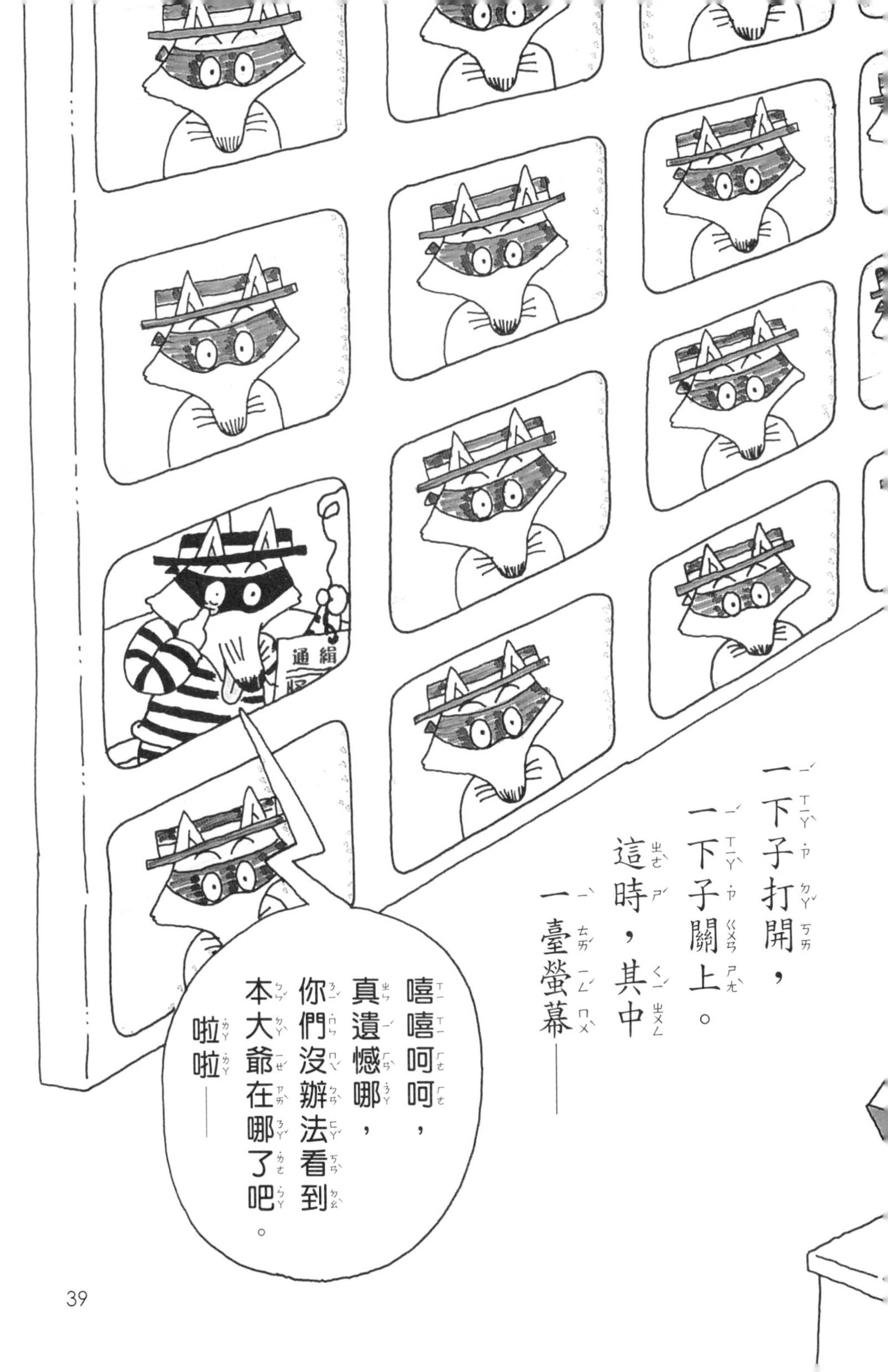
一下子打開，
一下子關上。
這時，其中
一臺螢幕——
通緝
嘻嘻呵呵，
真遺憾哪，
你們沒辦法看到
本大爺在哪了吧。
啦啦——

沒錯，佐羅力他們把16張通緝海報，一張張用鐵線纏在每個監視器的鏡頭前。

當最後一張通緝海報弄好之後，
佐羅力露出了邪惡的笑容。

「這樣一來，
他們根本就
搞不清楚
我們人在哪裡啦，
來，逃命嘍!!」

給我去找！澈澈底底的找！
用最快的速度把佐羅力帶回來~~
擴音器裡傳出典獄長的怒吼聲，獄卒們立刻分頭在監獄各處跑來跑去。

「呼，總算不會被發現了。」

正當三個人鬆了一口氣時，從附近的房間傳來一陣咖哩的香氣。

「佐羅力大師，那裡一定是監獄的廚房。」

「對呵，我們從早上到現在，都還沒吃過東西耶！」

正當佐羅力喃喃自語時，

咕嚕咕嚕咕嚕——

三個人的肚子同時叫了起來。

「我已經忍不住了啦。」

魯豬豬一往前跑，佐羅力和伊豬豬也爭先恐後的跑進廚房裡。

很幸運的，負責做飯的那些人，因為要搜索佐羅力他們，全部離開了廚房，現在，沒人來阻擋他們大吃特吃。

三個人在剛煮好的白飯上頭，淋上了滿滿的咖哩醬，分別吃下七大盤。而且，為了不浪費剩下來的白飯，

還將它捏成三個大飯糰，
然後用調味海苔貼啊貼，
貼得整顆飯糰都變成黑色的。
「等我們從這裡逃出去以後，
再慢慢來享用吧。」
佐羅力他們把大飯糰
藏進衣服裡的深處，
露出了滿足的
微笑——

廚房的門
突然被用力的打開，
典獄長帶著大批獄卒，
啪答啪答的衝進來。

「啊哈哈，貪吃的你們
果然跑到這裡來。」
出口已經被擋住了，
佐羅力他們被逼著
一步步往後退到

廚房的角落。

「哇啊!!」

站在最後面的伊豬豬發出了慘叫。

因為，他踩到地上的香蕉皮而滑倒了。

伊豬豬也因此猛的朝向牆壁上的垃圾丟棄孔，倒栽蔥似的一頭掉進了地下垃圾場。

哇啊~~!!
「除了這裡，
我們已經
無路可逃了。」
佐羅力這麼說著，
縱身一躍，跳進
垃圾場裡，當然，
魯豬豬也跟著跳進去。

咻——！

砰嚓、砰嚓、砰嚓！

三個人全都掉進了堆積如山的垃圾堆裡。

伊豬豬因為是頭下腳上的栽進去，所以他左邊的鼻孔不偏不倚的塞進了一個蘋果核。

「走溜哩大痣，幫偶辣一沙。」

（佐羅力大師，幫我拿一下。）

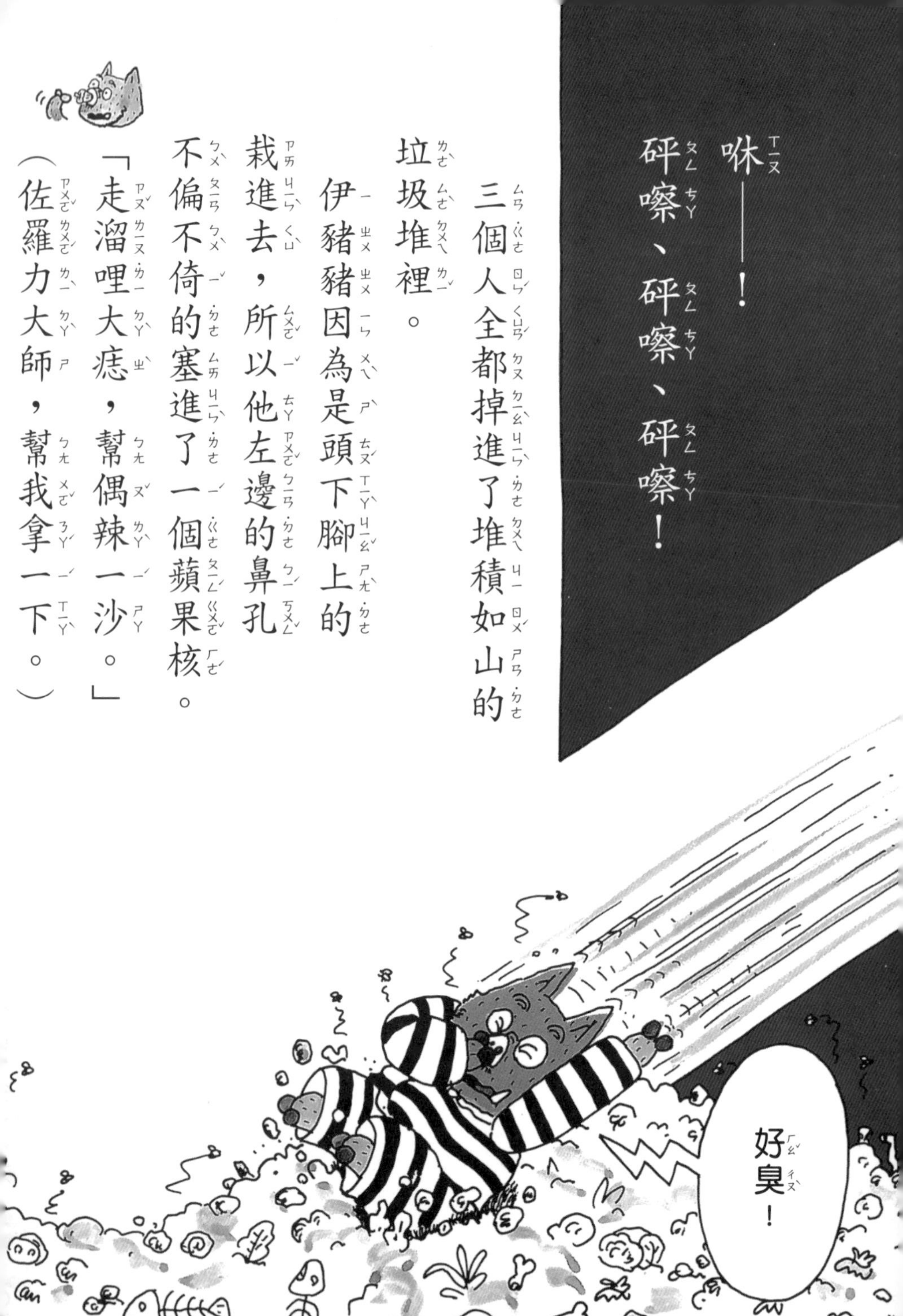

「那個等一會兒再弄啦。我們要趁追捕的人還沒趕到之前，快點從這個臭烘烘的地方逃出去。」

佐羅力他們拚命的把垃圾往兩旁撥開，好不容易才到達垃圾清理口，並往外一跳，結果……

垃圾清理口

在他們眼前出現的是一堵非常可怕的高牆，牆上布滿尖銳的凸出物。

「嘻嘻呵呵嘻嘻，我已經聽膩了那種『不可能逃出去』的話，

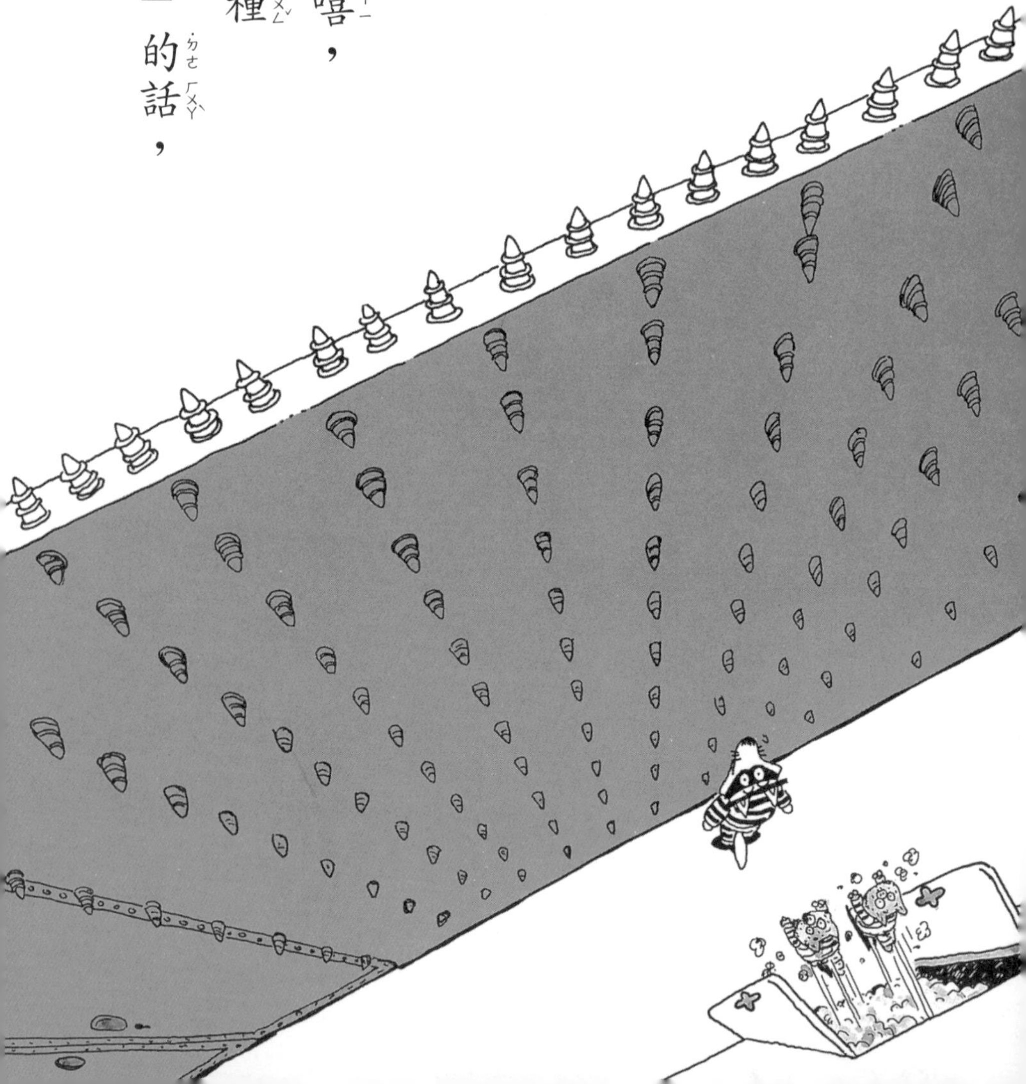

只要攀著這些牆上的凸出物，就能輕鬆逃走啦。這麼一來，就算這堵牆再怎麼高也沒有用啊。」

佐羅力正要攀上凸出物時。

「哈——啾!!」

伴隨著巨大的噴嚏聲，伊豬豬鼻孔裡的蘋果核被噴了出來。

蘋果核朝著
牆壁——
一碰，立刻就
變得焦黑。
原來佐羅力打算
攀上的凸出物
全通了電呀。

哇哈哈哈哈哈，
佐羅力，嚇了一大跳吧。
只要你輕輕的碰一下那堵牆，
就會有10萬伏特的電流通過。
只差那麼一點點，你就要
變得跟那個蘋果核一樣啦。
不知何時，高米斯已經
站在佐羅力他們的背後。
「你們覺悟吧！」
典獄長向獄卒們輕輕一抬下巴……

兩位獄卒立刻衝了過去，打算替佐羅力他們戴上手銬。

「等等，別再過來了。」佐羅力從肚子那兒，拿出大飯糰，並且往前一伸，說道：

「看看這顆炸彈!!你們要是再輕舉妄動，我就引爆炸彈，大家一起同歸於盡。如果不想看到這種後果，

就乖乖把門打開。」

伊豬豬和魯豬豬，立刻有樣學樣。

「我們也各有一顆大炸彈呵。」

「要是那三顆大炸彈爆炸了，不管是什麼監獄，都會化成灰的!!」

典獄長嚇得往後退，他可不想連自己的性命都賠上了呀。

「怎麼還慢吞吞的呢？」

佐羅力將伊豬豬的仙女棒煙火插在大飯糰上，並拿出打火機，點上了火。

嘶嘶嘶嘶……

「等……等等，別這樣呀。

喂，你們還不快點

把門打開。」

驚慌失措的典獄長一喊，牢不可破的厚重鐵門，便發出嘰嘰嘰嘰的聲響，一點一點的被打開了。

「太棒了——！」

魯豬豬很開心，

不由自主的拍著手，結果炸彈，

喔不，是飯糰，飯糰就掉到地上了。

從裂開的

海苔中，

灑出了

一顆顆的

飯粒。

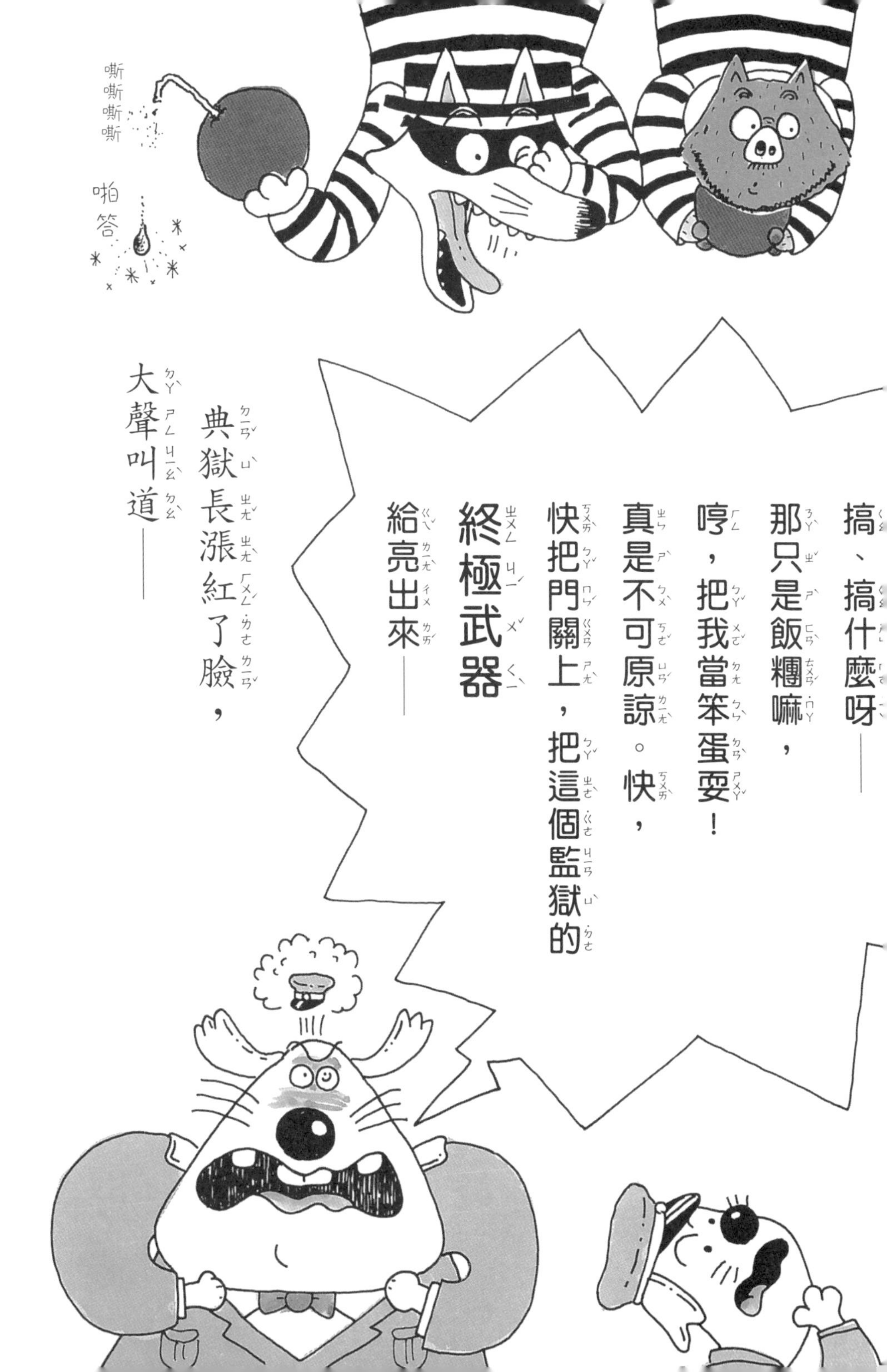

典獄長漲紅了臉，
大聲叫道——

高米斯典獄長的祕密武器

終結者機器人Z!!

眼前出現了這樣的機器人。

☆非常可怕的機器人，但光看外表，卻像溫柔的女孩。
能把油墨徹底消除的光線。
身體是用堅固的超合金製作而成。
這裡會貼上要消滅的角色的照片。
只要被這鉗子手夾住，就會動彈不得。

這個可怕的機器人，可以讓那些有害兒童的漫畫或角色，從這個世界上消失得無影無蹤。也可以說是替角色判死刑的機器。哇哈哈哈哈哈哈。讓佐羅力他們瞧瞧你的威力吧。

被……者……人Z

一雙……睛裡……眼

光線……中，

會怎……？

你是……到

印刷……頁上……字

很快……失了

可……個機

有……呀。

注意

上方文字的全文像左邊這樣。

被終結者機器人Z
一雙眼睛裡的耀眼
光線所射中，
會怎樣呢？
你是否看到
印刷在這頁上面的字
很快就消失了呢？
可見得這個機器人
有多可怕呀。

道歉啟事　機器人讓一些油墨消失不見，造成您的閱讀不便，特此致歉。

怎麼樣啊？
佐羅力系列該
跟大家說拜拜了吧。
你還有沒有
什麼話要說呢？
哇哈哈哈哈哈。

哇哈哈哈，
佐羅力，
現在
輪到你
消失啦。

說什麼鬼話！只要把那個機器人的眼睛弄壞，光線就射不出來了。快用東西弄瞎她的眼睛。
佐羅力他們把身邊拿得到的東西，全丟了過去。
哇！趴下。
真的什麼都不見了。
那些是人家蒐集的寶貝啦！
如果因為這樣就放棄了，那就不叫天才佐羅力啦。

……
就像這樣
嘿，各位讀者，
在這緊要關頭，
聰明的主角會怎麼做呢？
當然就是利用鏡子
將光線反射回去。
這是常有的情節，
大家都要好好記住呵。
嘻嘻呵呵嘻嘻。

「魯豬豬，你的包袱裡有鏡子吧，現在可以派上用場了。」佐羅力說。

「知道了。」魯豬豬從包袱裡一拿出鏡子……

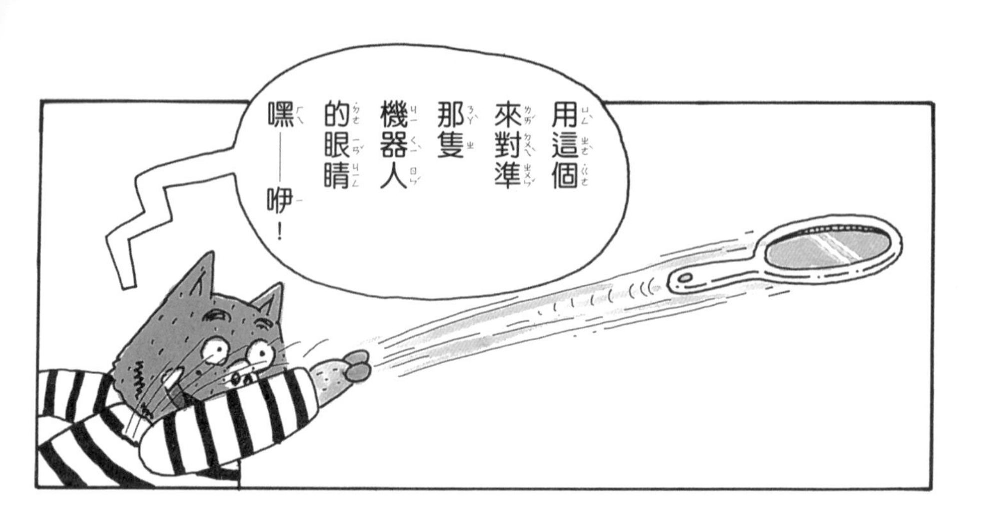

就朝著終結者機器人Z丟過去。

「不對，不對，不是用鏡子丟她，是要用鏡子來反射光線！」佐羅力大喊著，卻已經來不及了。

鏡子丟中了終結者機器人Z的超合金身體，

裂成碎片散落在地上，佐羅力他們已經無計可施了。

機器人對準佐羅力，從眼中射出了銳利的光線。

佐羅力一邊躲躲閃閃，逃開了光線，一邊似乎又想到了什麼。
哇
喂——伊豬豬和魯豬豬——
啊～
趁著本大爺東躲西躲的時候——
哎呀
用你們手上的砂紙——
哇喔～
對著那個大鐵門——

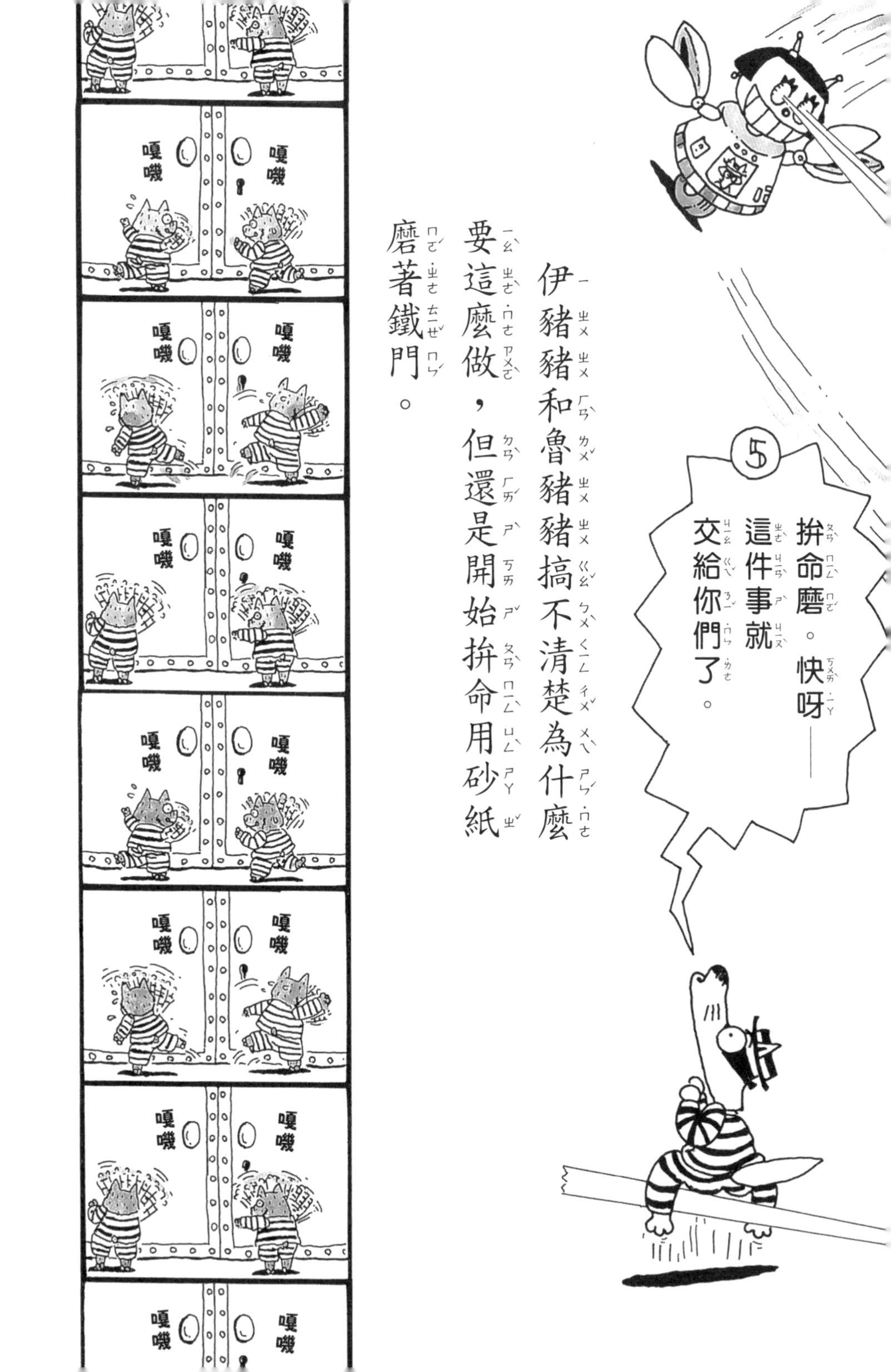

5
拚命磨。快呀——
這件事就
交給你們了。
伊豬豬和魯豬豬搞不清楚為什麼
要這麼做，但還是開始拚命用砂紙
磨著鐵門。
嘎嘰
嘎嘰
嘎嘰
嘎嘰
嘎嘰
嘎嘰
嘎嘰
嘎嘰
嘎嘰
嘎嘰
嘎嘰
嘎嘰
嘎嘰
嘎嘰
嘎嘰
嘎嘰

機器人以為佐羅力會向右跑，結果他卻偏偏向左跑。佐羅力就像這樣，靈巧的閃開攻擊。然而，漸漸的，他愈來愈沒力氣，腳步也漸漸慢了下來。最後，佐羅力往伊豬豬和魯豬豬所在的鐵門那兒跑了過去……

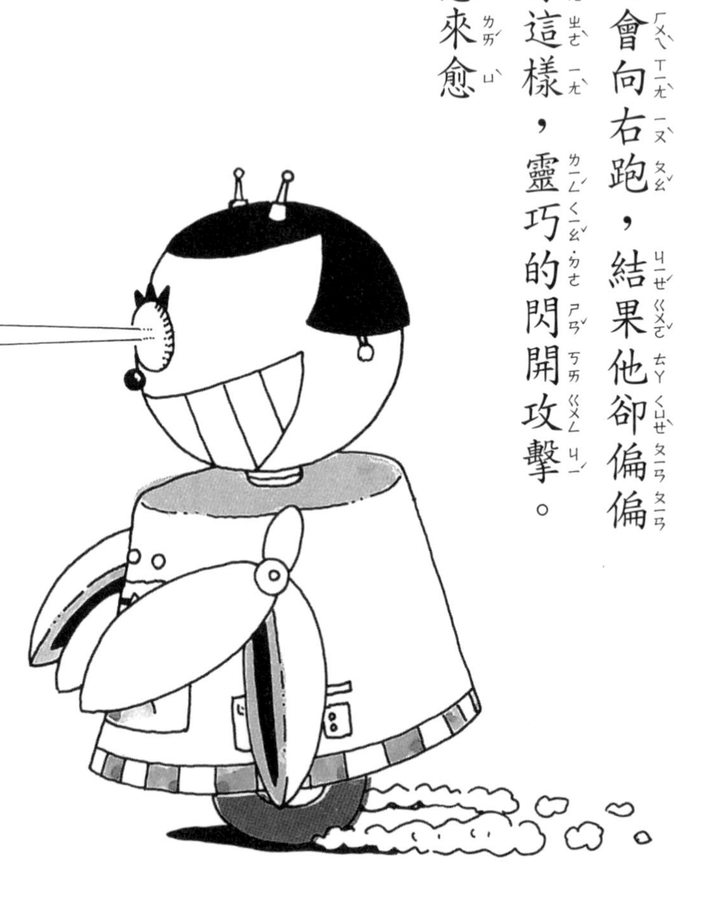

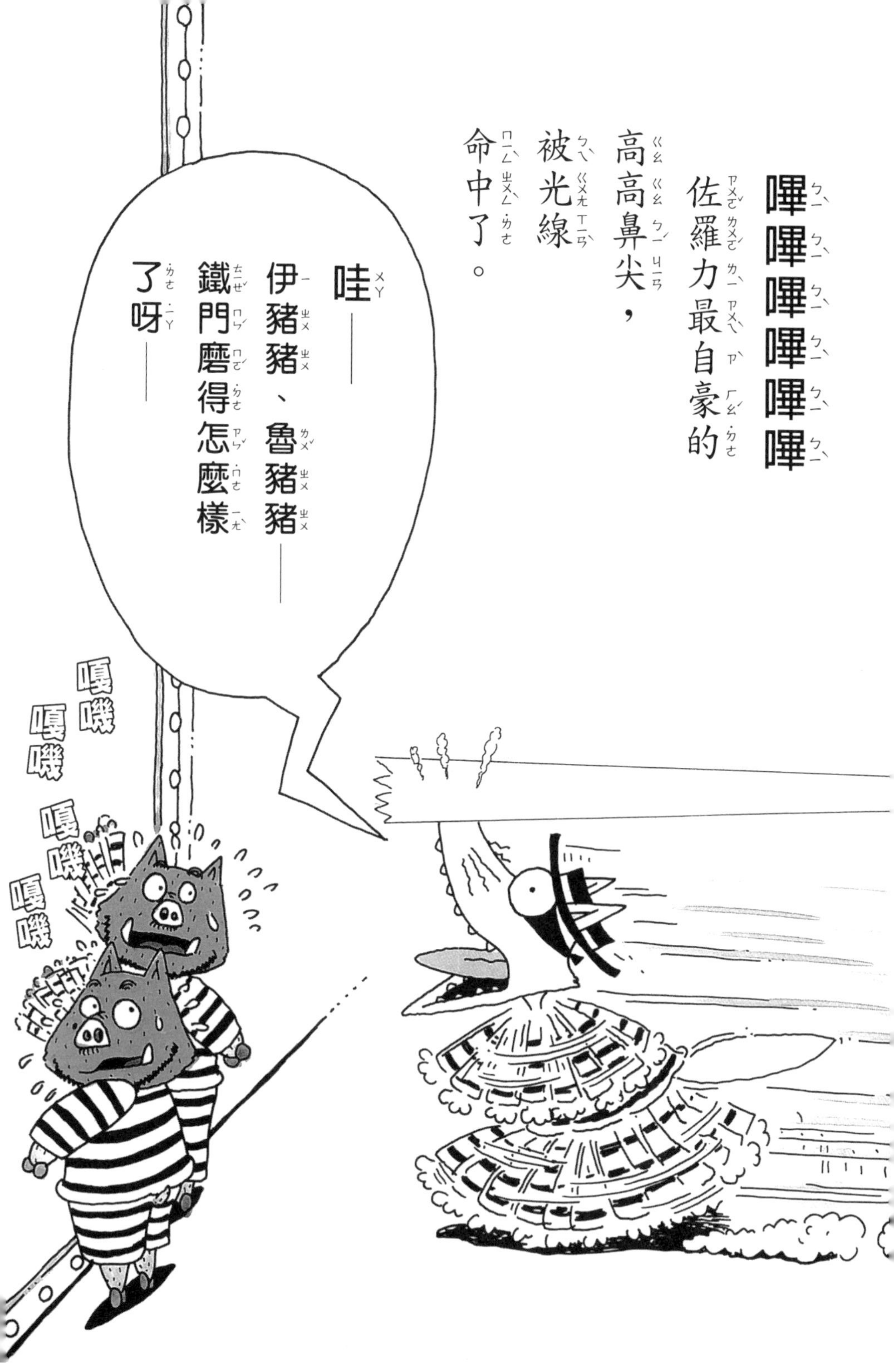
嗶嗶嗶嗶嗶嗶嗶
佐羅力最自豪的
高高鼻尖，
被光線
命中了。
哇——
伊豬豬、魯豬豬——
鐵門磨得怎麼樣
了呀——
嘎嘰
嘎嘰
嘎嘰
嘎嘰

佐羅力抱住伊豬豬和魯豬豬一起臥倒，光線從他們的上方掠過。

筆直的射中了伊豬豬和魯豬豬拚命磨呀磨，磨得閃閃發亮的

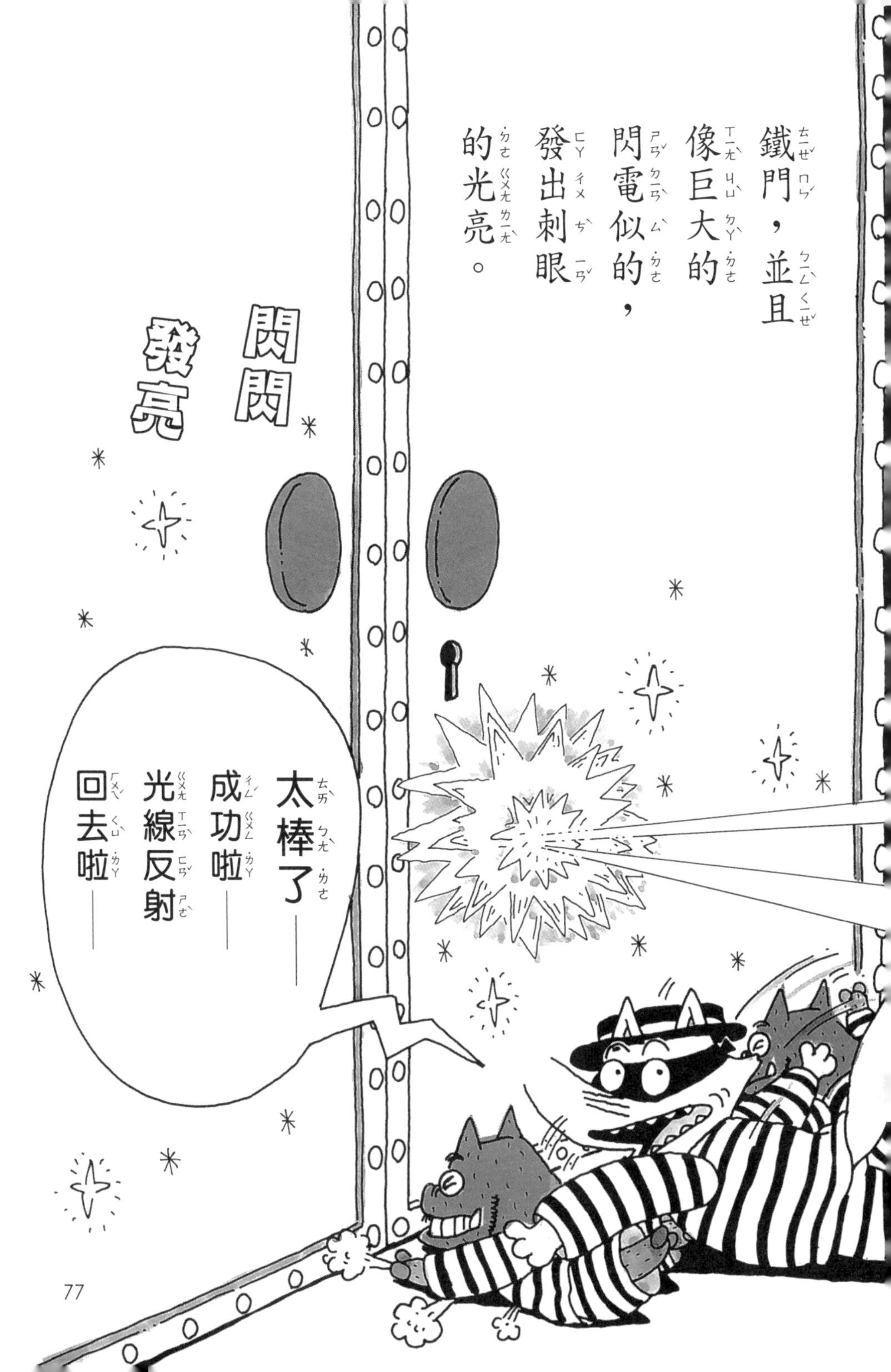
鐵門，並且像巨大的閃電似的，發出刺眼的光亮。
閃閃發亮
太棒了——成功啦——光線反射回去啦——

反射回去的光線
正中了
機器人的
肚子，
讓她
整個
身體都
變不見了。

也因此，機器人抓狂似的朝著四周放射出無數道光線。

當機器人用光了所有的能量時……

注意

雖然這兩頁沒畫什麼，但
請不要在上面塗鴉或做筆記。

變得好乾淨、好清爽呵。
快！趁著現在快逃吧。
都是空白的耶。

畫這樣的頁面時，最輕鬆了。
作者 原裕

佐羅力他們三人
從從容容的
從空白的紙上，
逃往外面去了。
高米斯典獄長只是呆呆的站在
那兒，盯著他們的背影，
無奈的看著他們逃走。
因為就算現在逮住佐羅力，
也沒有監獄可以
關得住他呀……

●新聞快報●

各位觀眾，根據最新消息，怪傑佐羅力從監獄裡逃走了。
不過，請大家放心。有兩位警官在這裡，號稱「除了他們之外，沒人能捉住佐羅力。」請聽聽兩位警官怎麼說。
主播

我們具有成功逮捕佐羅力的經驗。只要靈活的加以運用，一定能再次捉到他的。
這是重新製作過、發布於全國的通緝海報。懇請大家協助我們抓住佐羅力。
通緝海報
惡作劇天才
怪傑佐羅力
若發現此人
請通知動物警察

佐羅力跑去請作者
幫他重新畫出鼻尖。
這真是一個
很過分的故事耶，
還好我逃得快。
要是本大爺
全變不見了，
不管是佐羅力系列
或是這本書，不都毀了嗎？
喂，你可要把本大爺的
鼻子畫得比之前還酷呵。
就交給你啦。
哼，氣死我了。
哇，
佐羅力大師，
這次畫出來
的鼻子
更酷呵。

YUTAKA HARA
沙沙
啊——我也好希望那個機器人讓我的鼻子消失，然後重新被畫出更高的鼻子，那就太酷了。

作者簡介

原裕 Yutaka Hara

一九五三年出生於日本熊本縣，一九七四年獲得KFS創作比賽「講談社兒童圖書獎」，主要作品有《小小的森林》、《手套火箭的宇宙探險》、《寶貝木屐》、《小噗出門買東西》、《我也能變得和爸爸一樣嗎？》、【輕飄飄的巧克力島】系列、【膽小的鬼怪】系列、【菠菜人】系列、【怪傑佐羅力】系列、【鬼怪尤太】系列、【魔法的禮物】系列等。

譯者簡介

周姚萍

兒童文學創作者、童書譯者。著有《日落臺北城》、《臺灣小兵造飛機》、《山城之夏》、《我的名字叫希望》等書，譯有【名偵探】系列等。曾獲金鼎獎優良圖書推薦獎、聯合報讀書人最佳童書獎、幼獅青少年文學獎、九歌年度童話獎、好書大家讀年度好書等獎項。

國家圖書館出版品預行編目資料

怪傑佐羅力之佐羅力被捕了!

原裕 文、圖; 周姚萍 譯 --

第一版. -- 台北市:天下雜誌, 2011.08

92面;14.9x21公分. --(怪傑佐羅力系列;13)

譯自:かいけつゾロリつかまる!!

ISBN 978-986-241-296-1(精裝)

861.59　　100006376

かいけつゾロリつかまる!!
Kaiketsu ZORORI Tsukamaru!! vol.15
Text & Illustraions ©1994 Yutaka Hara
All rights reserved.
First published in Japan in 1994 by POPLAR Publishing Co., Ltd.
Traditional Chinese translation rights arranged with POPLAR Publishing Co., Ltd.
through Future View Technology Ltd., Taiwan
Traditional Chinese translation rights © 2011 by CommonWealth Education Media and Publishing Co.,Ltd.

怪傑佐羅力系列 13

怪傑佐羅力之佐羅力被捕了!!

作者|原裕
譯者|周姚萍
責任編輯|張文婷
特約編輯|蔡珮瑤
美術設計|蕭雅慧

天下雜誌群創辦人|殷允芃
董事長兼執行長|何琦瑜
媒體暨產品事業群
總經理|游玉雪
副總經理|林彥傑
總編輯|林欣靜
行銷總監|林育菁
資深主編|蔡忠琦
版權主任|何晨瑋、黃微真

出版者|親子天下股份有限公司
地址|台北市104建國北路一段96號4樓
電話|(02)2509-2800
傳真|(02)2509-2462
網址|www.parenting.com.tw
讀者服務專線|(02)2662-0332
週一~週五:09:00~17:30
讀者服務傳真|(02)2662-6048

客服信箱|parenting@cw.com.tw
法律顧問|台英國際商務法律事務所・羅明通律師
製版印刷|中原造像股份有限公司
總經銷|大和圖書有限公司
電話|(02)8990-2588

出版日期|2011年8月第一版第一次印行
2023年11月第一版第二十二次印行

定價|250元
書號|BCKCH026P
ISBN|978-986-241-296-1(精裝)

訂購服務
親子天下 Shopping|shopping.parenting.com.tw
海外・大量訂購|parenting@cw.com.tw
書香花園|台北市建國北路二段6巷11號
電話|(02)2506-1635
劃撥帳號|50331356 親子天下股份有限公司

親子天下
有聲故事書

日本熱賣25年，狂銷3,300萬本的經典角色

讓你笑到彎腰、幽默破表的開胃閱讀系列

怪傑佐羅力

不論遇到什麼困難，佐羅力都絕對不會放棄。我認為懂得運用智慧、度過難關，這種不放棄的精神，是長大進入社會以後最重要的事。

——【怪傑佐羅力】系列作者 **原裕**（Yutaka Hara）

不靠魔法打敗哈利波特的佐羅力

日本朝日新聞社調查幼稚園~國小六年級3,583位小朋友，佐羅力打敗哈利波特，是所有小朋友心目中的最愛！

風靡所有孩子的佐羅力精神

★雖然每次的惡作劇都失敗，卻反而讓佐羅力成為樂於助人的正義之士。
★不管遇到什麼挫折，佐羅力總是抬頭挺胸向前走。
★雖然媽媽不在身邊，卻總是想著媽媽，勇敢面對挑戰，所以佐羅力永遠不會變壞。
★不只故事有趣，藏在書中各處的漫畫、謎題、發明，每次讀都有新發現。

下一本永遠更有趣，讓孩子想一直讀下去

佐羅力雖然很愛惡作劇，卻常常失敗，反而幫助了別人，真是太好笑了！

——台灣・陳稷謙・小三

【佐羅力】系列不僅字體大容易閱讀，還包含很多像漫畫般的插圖，非常適合作為孩子自己閱讀的第一本書。我的孩子是因為看了【佐羅力】，才變得能夠單獨閱讀一本書。

——日本・家長

雖然佐羅力很愛惡作劇，卻很看重朋友，一不小心還會做好事。這點讓女兒覺得很有趣，還讓她聯想到自己與朋友間的關係，甚至產生「佐羅力即使失敗，也會多方思考，絕對不放棄」這樣不怕挫折的想法。

——日本・家長

現在就和佐羅力一起出發！

為了向天國的媽媽證明，自己能夠成為頂天立地的「惡作劇之王」，佐羅力帶著小跟班伊豬豬、魯豬豬，展開充滿歡笑和淚水的修練之旅⋯⋯

佐羅力

為了讓在天堂的媽媽以他為榮，佐羅力立志成為「惡作劇之王」，勇敢踏上修練之旅。旅途中佐羅力喜歡打抱不平，常有驚人的創意發明，雖然每次惡作劇都以失敗收場，卻陰錯陽差解決難題，搖身變成眾人感謝的正義之士。

伊豬豬、魯豬豬

貪吃的野豬雙胞胎，哥哥伊豬豬右眼和右鼻孔比較大；弟弟魯豬豬左眼和左鼻孔比較大。兩人因為仰慕佐羅力成了小跟班，尊稱佐羅力為大師，卻總是幫倒忙，造成不可收拾的混亂，拖累佐羅力的計畫。

佐羅力的媽媽

溫柔的母親是佐羅力最念念不忘的人，但她在佐羅力小時候就已經去世。由於佐羅力個性迷糊，讓她即使在天堂，卻仍然常常來到人間，關心寶貝兒子的一舉一動，偶而還會偷偷幫助佐羅力，是一位愛子心切的好母親。

親子天下 天下雜誌出版

購書及訂閱電子報・天下童書館 www.cwbook.com.tw/kid
親師生三方互動最佳的橋梁・親子天下網站 www.parenting.com.tw

請沿虛線剪下

通緝海報

惡作劇天才
怪傑佐羅力

☆如果你發現海報上的狐狸男，請趕快
寫明信片，通知動物警察天下分局。

〈範例1〉我在便利商店，發現佐羅力正想偷一罐醬瓜，這是不對的行為，請趕快把他抓住。
（熊 和夫6歲）

〈範例2〉佐羅力把我的棒棒糖舔了4次，因為很髒，害我洗半天才吃掉。氣死我了。
（兔 佳子4歲）

動物警察天下分局　10489　台北市建國北路一段96號4樓　親子天下

來替怪傑佐羅力變裝吧!!

☆在警方的通緝追捕下，佐羅力得要開始亡命天涯啦！請想想，該怎麼替佐羅力變裝，才能成功躲開警方的追捕呢？

拜託大家幫我變裝，讓我變得更帥呵。